AF311800

BOULEVARD ET COULISSES

ALFRED CAPUS

BOULEVARD

ET

COULISSES

PARIS
SOCIÉTÉ DES TRENTE
ALBERT MESSEIN
19, QUAI SAINT-MICHEL, 19

1914

IL A ÉTÉ TIRÉ DE CET OUVRAGE

530 exemplaires numérotés à la presse, dont 10 exemplaires sur Chine, 20 exemplaires sur Japon et 500 exemplaires sur vergé d'Arches.

N° 190

BOULEVARD ET COULISSES

BOULEVARD ET COULISSES (1)

En donnant comme titre à cette conférence
les mots : *Boulevard et Coulisses*, je me rends
parfaitement compte que j'emploie des termes
surannés, car il n'y a plus de boulevard ni de
coulisses, au sens où l'entendaient nos ancê-
tres de 1880. 1880, c'est une époque lointaine,
extrêmement lointaine. Ceux d'entre nous qui
avaient vingt ans à ce moment-là sont déjà en
pleine maturité ; et la maturité, vous le savez,
c'est l'heure où le destin commence à être tenté
de vous cueillir. Parler de cette époque, c'est
donc remonter au delà des temps contemporains et arriver dans une zone déjà historique.
Elle est très importante, cette période qui
s'étend de 1880 à 1885, par exemple, surtout
au point de vue où nous voulons nous placer,

(1) Conférence prononcée à la *Société des Conférences*, le ven-
dredi 31 janvier 1913.

qui est l'histoire d'une certaine portion brillante et essentielle de Paris, l'histoire de sa vie littéraire et mondaine, de ses théâtres, de ses journaux, de ses boulevards, de tous les lieux où l'ardeur de la lutte se cache sous le luxe, la frivolité et l'esprit. Elle est très importante aussi, parce qu'elle est une sorte de carrefour où se sont rencontrés le Paris de l'Empire et celui de la troisième République, où l'un a été définitivement écrasé et où l'autre a surgi dans le tumulte et la bousculade. Dans le langage familier, on se plait à appeler ces périodes des périodes de transition, ce qui est une expression qui ne signifie pas grand'chose, car elle peut s'appliquer à peu près à toutes les époques, et, par exemple, on l'applique communément aujourd'hui à la nôtre. Mais elle a vraiment un sens pour le Paris des quelques années dont je vous parle. Ce fut en effet véritablement le passage d'un état à un autre, du Paris où le Parisien dominait au Paris où il n'est plus le maître de sa ville ; du Paris où il était l'essentiel au Paris où il n'est plus que l'accessoire, du Paris où il imposait ses façons d'être, ses goûts, ses préjugés même, ses mœurs, au Paris où il subit

les mœurs et les goûts de la province et de
l'étranger. Paris avait une certaine sensibilité
particulière qu'on ne trouvait que chez lui, une
façon de voir les choses, de concevoir la vie, de
juger qui était sa marque ; il avait un ton plus
délicat et plus vif qu'ailleurs, une élégance plus
fine. Il exerçait une séduction difficile à ana-
lyser, mais où le goût dominait. Enfin, à tous
ceux qui se mettaient en contact avec lui, il
donnait une fièvre légère et une trépidation
qu'on ne trouvait que là. Et, à la longue, il
avait fini par créer des types d'hommes et de
femmes un peu factices, mais d'un raffinement
et d'un relief singuliers. Or, pour passer de
l'état d'autrefois à l'état d'aujourd'hui, il fallait
naturellement une série de crises. Ces crises,
Paris les a subies entre 1880 et 1885, et c'est
pourquoi il n'est pas inutile d'étudier cette
période-là avec soin. Nous allons essayer de le
faire par un certain côté, sur la surface des
boulevards, dans les coulisses des théâtres,
des journaux et de la finance. C'est le petit
côté de la question, si vous voulez, mais
non le moins significatif. Et nous verrons
dans quelles conditions un jeune écrivain

de vingt-cinq ans débutait dans ce milieu-là.

Définir les conditions dans lesquelles débutent les écrivains, c'est un peu définir une société. On ne débute pas dans une société aristocratique comme dans une société démocratique ; on ne débute pas dans une société ordonnée et régulière comme dans une société qui se décompose ou qui se refait. On ne débute pas aujourd'hui comme hier, dans le Paris de Louis XIV comme dans celui des encyclopédistes ; sous Louis-Philippe et sous Balzac comme sous le principat de Jules Grévy. Les difficultés et les commodités que rencontre un écrivain pour faire jouer une pièce ou pour éditer un livre, en somme pour se faire connaître, fournissent de précieux renseignements sur une époque. Les débuts d'un écrivain dépendent de tout, des mœurs, de l'état de prospérité d'un pays, de l'ordre ou du désordre qui y règne, du rôle de l'argent et de l'organisation financière, d'un tas de conditions et de nuances, de grosses et de petites choses. Ils dépendent des salons, de la politique, des journaux, des dispositions du public. Tout influe sur eux. La guerre de 1870 a modifié les conditions des dé-

buts des jeunes écrivains autant qu'elle a im-
primé de directions nouvelles aux mœurs françaises. Si l'énergie et le talent personnels de
l'homme de lettres demeurent les facteurs principaux, il y en a d'autres dont le total a peut-
être autant d'importance. Car il n'y a pas que
l'œuvre à faire, il y a la vie à gagner. Nous ne
reverrons presque plus jamais, ou nous ne reverrons peut-être que de loin en loin, le type
de l'écrivain solitaire et entièrement désintéressé, qui se borne à son œuvre et l'accomplit
silencieusement pour la joie de l'accomplir.
Par exemple, aux deux extrémités de l'histoire
littéraire, un Montaigne et un Flaubert. De
plus en plus, l'écrivain est un homme d'action,
mêlé à la vie quotidienne, et surtout, répétons-
le, contraint par les nécessités de l'existence à
gagner sa vie, en même temps qu'il fait son
œuvre.

Gagner sa vie en écrivant, on ne s'imagine
pas la puissance de cette formule sur une imagination de jeune Français. En France, un
jeune homme instruit et pauvre ne tarde pas à
remarquer l'abîme qu'il y a entre sa situation
sociale et son instruction. Il s'indigne de ce

contraste. Il est un lettré ou un savant ; il se
sent supérieur à toutes sortes de gens riches et
puissants qu'il coudoie chaque jour ; il constate
souvent leur sottise, il se demande pourquoi il
n'a pas d'argent pendant que les autres en re-
gorgent. Alors, suivant son caractère et les circonstances, suivant la femme qu'il rencontre
et le mariage qu'il fait, il se résigne à un labeur
banal ; ou bien, au contraire, il se croit victime
d'une injustice et refuse de se courber sous la
médiocrité de sa vie. Sa carrière — que ce soit
le fonctionnarisme, le petit commerce, les âpres
débuts de la médecine ou du droit — lui est un
supplice continuel. Il a une envie forcenée de
plus de bruit, de lumière, de liberté. La première aventure qui passera à sa portée, il la
suivra, abandonnera sans regrets une profession encombrée et difficile où l'on avance parmi
la foule. Et comme il est dans le sillage de
l'éducation classique, c'est à la littérature qu'il
songe d'abord.

Or, où la littérature a-t-elle son centre et son
maximum d'éclat ? A Paris. Dans quels lieux
de Paris ? Dans les salons, sur le boulevard, au
théâtre. C'est là qu'elle retentit et qu'elle sé-

duit le plus. Et le jeune homme qui veut être écrivain quitte l'Ecole polytechnique ou l'Ecole centrale, la médecine ou le droit. Il annonce à sa famille sa résolution inébranlable de faire de la littérature ; il la désole, il se fait prédire le plus sombre avenir, mais il part tout de même, conduit par l'illusion, attiré par le gouffre !

Il a, d'ailleurs, un aspect charmant, ce gouffre, et les bords en sont couverts de fleurs. Donnons-lui son vrai nom, le nom qu'il portait en 1880 : le Boulevard. Le boulevard, qui n'est maintenant qu'une voie de communication attendant l'énorme affluent du boulevard Haussmann pour aller se jeter avec lui dans les faubourgs, était alors un lieu assez familier, une espèce de promenade qui ne différait de celle de *l'Orme du Mail* que par la qualité des habitués et le ton de la conversation ; mais c'étaient tout de même des habitués qui venaient là à des heures régulières et qui s'entretenaient des choses de la ville. Seulement, la ville, c'était Paris, et les habitués, c'étaient les princes du journalisme et du théâtre, des promeneurs illustres ou des spécialistes notoires de l'esprit. Ils commençaient déjà à ne plus se

sentir chez eux, et ils déploraient l'envahissement de Paris par les étrangers. Que de fois,
dans ma jeunesse, j'ai entendu dire cette
phrase : « Ah ! si vous aviez connu le Paris de
l'Empire ! » et je me rappelle ces mots, chaque
fois que je suis tenté moi-même de dire à un
jeune homme : « Ah ! si vous aviez connu le
Paris de 1885 ! »

Donc, un jeune débutant qui, amené par
quelque parrain du monde des lettres, arrivait
sur le boulevard vers cette année-là, se sentait
soudain pris d'une profonde timidité devant
tant de sagesse et de hauteur d'esprit ! Car, je
m'en rends très bien compte aujourd'hui, nous
fûmes une génération timide, et nous entrâmes
dans la vie comme sur la pointe des pieds, afin
de ne déranger personne. Ceux même d'entre
nous qui avaient une ambition démesurée n'au-
raient pas osé la proclamer trop bruyamment,
de peur de ridicule. Ou plutôt, je crois qu'à ce
moment-là nous n'avions qu'une ambition très
confuse, et que nul d'entre nous n'aurait pu la
formuler nettement. Nous allions un peu à
l'aventure, nous vivions au jour le jour, sans
plan arrêté, et suivant tous les hasards de l'exis-

tence quotidienne. A la plupart d'entre nous,
l'ambition n'est venue que très tard et à mesure
que la vie se mettait pour ainsi dire à portée de
leur main. Personnellement, j'ai été saisi de
respect la première fois que j'ai rencontré un
journaliste. J'en ai, depuis, connu beaucoup, et
je le suis devenu moi-même sans le moindre
étonnement. Mais mes premières relations dans
la presse ne sont jamais sorties de ma mémoire.
Je me rappelle qu'un jour, dans un célèbre café
du boulevard où j'avais été admis par faveur...
j'ose à peine vous dire le nom de ce café pour
ne pas vous plonger dans un passé trop loin-
tain... c'était Tortoni... il y a aujourd'hui à la
place un magasin de chaussures. Qu'y aura-t-il
dans trente ans ? Et qui sait si, à cette époque,
les vieux ne murmureront pas, comme je le fais
en ce moment pour Tortoni, « Dire qu'il y avait
là, jadis, un charmant petit magasin de chaussures ! » N'importe, à ce moment-là, c'était Tortoni, et on était censé aller y prendre des glaces,
mais l'absinthe dominait. Or, un après-midi,
j'entendis à une table un grand bruit de conversation. Un journaliste très connu y pérorait.
Il était très connu, d'abord parce qu'il appar-

tenait au *Figaro* et ensuite parce qu'il était
l'amant d'une actrice qui venait de créer une
pièce avec éclat. Son nom ne vous apprendra
pas grand'chose : il s'appelait Chabrillat. Il n'y
avait pas de meilleur garçon au monde ; il
avait débuté comme reporter pendant la guerre,
et il a fini, je crois, directeur de théâtre. Il racontait à tous les nouveaux venus trois ou
quatre anecdotes, toujours les mêmes, mais qui
avaient établi sa réputation. La plus savou-
reuse était relative à la campagne de la Loire
en 1870, qu'il avait suivie en qualité de cor-
respondant de journal. Il daigna me la raconter
le jour où je lui fus présenté et qui était précisément le jour dont je vous parle. Elle se pas-
sait lors de la bataille de Coulmiers. A un moment donné, Chabrillat voulait traverser les
lignes et suivre de près les opérations. Le général d'Aurelle de Paladines s'y opposa, et
alors Chabrillat racontait qu'il lui avait fait,
d'un air vexé, cette réponse sublime :

— C'est bien, général. Je ne parlerai pas
de cette bataille dans le *Figaro* !

Il faut ajouter que Chabrillat avait risqué
deux ou trois fois sa vie dans la journée pour

ne pas perdre un détail de l'affaire, et il y avait
là un mélange de crânerie, de fantaisie, de courage, d'ironie et de bêtise qui est très caracté-
ristique de la presse et du boulevard vers 1885.

Les journaux qui dominaient alors la situation, et vers lesquels tout jeune homme qui se
destinait à la littérature avait les yeux fixés,
étaient le *Figaro*, l'*Evènement*, le *Gil Blas* et le
Gaulois. C'étaient, en tout cas, les plus brillants
et les plus parisiens. Leurs directeurs et leurs
rédacteurs principaux étaient de puissants personnages. Pas une semaine où ils n'eussent
quelque duel, où ils ne fissent quelque mot
que l'on répétait de bouche en bouche entre la
Madeleine et le faubourg Montmartre, où ils
n'écrivissent quelque article qui faisait sensation. Les approcher semblait impossible, tant
ils détenaient d'influence, tant ils provoquaient
d'hommages. Ils devaient nous ouvrir ou nous
fermer à jamais la carrière des lettres. Par quels
moyens, par quelle chance parvenir jusqu'à
eux ? C'était le problème.

On y arrivait par toutes sortes de petites in-
trigues, par le jeu des relations, par les marches
et les contre-marches. Il y avait, dans la vie

d'un jeune débutant de cette époque, une heure entre toutes décisive. C'était celle où il était présenté à Arthur Meyer, lequel dirigeait le *Gaulois* et le dirige encore, comme vous savez. Le *Gaulois* et le *Gil Blas* étaient très accueillants aux jeunes littérateurs, dont quelques-uns avaient déjà fait des débuts éclatants, comme Maupassant, par exemple. C'est dire de quel prestige ils jouissaient dans la jeunesse et l'extraordinaire situation de leurs principaux rédacteurs. Quant à leurs directeurs, ils représentaient pour nous, Paris, la réputation, la fortune, la gloire. Aussi, à vingt-cinq ans de distance, m'est-il impossible d'oublier ma première entrevue avec Arthur Meyer et l'impression qu'elle me fit. Comment eus-je l'audace d'écrire un article et de le porter rue Grange-Batelière, à la rédaction du *Gaulois* ? Je venais d'apprendre par un journal du soir la mort de Darwin, et à tout hasard j'essayai d'écrire un article sur le grand Anglais. Notre génération était tout imprégnée des théories et de la méthode de Darwin ; nous avions lu et relu dix fois l'*Origine des Espèces*, et nous étions convaincus que ce livre illustre conte-

nait le commencement de la fin de la philosophie. J'écrivis donc en quelques heures un article enthousiaste et naïf sur Darwin, et j'allai
le porter au *Gaulois*. Je fis passer ma carte au
secrétaire de la rédaction en lui indiquant le
but de ma visite. Il me reçut au bout de quelques instants.

— Je me suis permis, lui dis-je en balbu-
tiant, de faire un article sur Darwin qui vient
de mourir... J'ai pensé que vous n'en aviez
peut-être pas...

— Darwin ? fit mon interlocuteur en ayant
l'air de chercher.

Je répétais :

— Oui, Darwin, Charles Darwin.

J'allais ajouter : « Darwin, l'auteur de l'*Origine des Espèces* », mais je compris tout de suite
qu'il ne fallait pas insister et que mon futur
confrère n'était pas familiarisé avec ce nom. On
connaissait Darwin sur la rive gauche ou bien
dans les journaux sérieux comme le *Temps* et
les *Débats*, mais, en 1885, sur le boulevard,
le nom de Darwin était un de ceux qui reve-
naient le moins fréquemment dans la conversation.

— Voyons un peu tout de même... continua le secrétaire du *Gaulois*.

Et il parcourut vaguement l'article. Puis il me dit :

— Voulez-vous repasser vers minuit. J'en parlerai au rédacteur en chef, M. Cornély.

Je repassai donc à minuit. Le secrétaire de la rédaction me reçut avec une grande amabilité. Il avait dû, dans l'intervalle, prendre des informations sur Darwin, et il m'introduisit auprès de M. Jean Cornély, qui me posa quelques questions. Mais à peine avait-il commencé que la porte s'ouvrit et que parut un homme de taille moyenne, très élégant, en habit et cravate blanche, tenant d'une main des gants et agitant, de l'autre, un paquet d'épreuves d'imprimerie. Ce n'est point outrepasser les droits de l'historien que de dire qu'il était menacé de calvitie et que des favoris d'une étonnante régularité encadraient son visage. Je reconnus immédiatement Arthur Meyer, car l'image avait déjà popularisé ses traits, et d'ailleurs l'émotion qui m'agita soudain ne pouvait me laisser aucun doute.

— Mon cher Meyer, dit en outre Cornély,

voici un jeune homme qui nous apporte un article sur Darwin.

Entre dix heures du soir et minuit, Darwin avait acquis au *Gaulois* une grande réputation.

Arthur Meyer me regarda avec une autorité singulière et me dit d'une voix brève :

— Bien.

Puis, avec un sourire aimable, il me fit comprendre qu'il avait autre chose à faire et que notre conversation avait assez duré. Cornély ajouta :

— Votre article passera dans le numéro de demain et en tête. Attendez les épreuves.

Je frémis de joie et de stupeur, et ne trouvai rien à répondre. Arthur Meyer me tendit la main, Cornély me tapa sur l'épaule et me congédia. J'attendis dans un coin de la salle de rédaction. Au bout de cinq minutes que j'étais là, un jeune rédacteur du *Gaulois*, que je sus depuis être M. Alfred Edwards, s'approcha de moi et me demanda à brûle-pourpoint si je savais jouer au bilboquet. Sur ma réponse négative, il me dit sévèrement : « Il faudra l'apprendre. » Alors, ayant corrigé mes épreuves, je sortis.

Le lendemain matin, je me précipitai sur le *Gaulois* et, en tête du journal, à la place de mon article, je lus un récit de l'expulsion de tous les rédacteurs du *Gaulois* par suite d'un désaccord antérieur entre Arthur Meyer et l'administration financière du journal. Cette affaire fit beaucoup de bruit à cette époque. J'en ai oublié les détails, bien entendu. Je me rappelle simplement qu'elle retarda mes débuts de quelques jours et me donna ma première notion des rapports de la finance et de la littérature.

D'ailleurs, les choses s'arrangèrent bientôt, avec l'admirable souplesse parisienne. Le *Gaulois* fut reconstitué, et comme, dans l'intervalle, j'avais pris des leçons de bilboquet, je fus admis à figurer parmi ses rédacteurs.

Faut-il vous dépeindre l'existence d'un jeune homme entre le boulevard, les journaux et les théâtres ? Je n'aurais pas la prétention de vous y intéresser si ce n'avait été que la mienne, mais ce fut celle d'un grand nombre de jeunes gens de ma génération, écrivains ou artistes. Certes, il y en avait dans la même génération de plus sérieux, de plus laborieux surtout.

Pendant que nous errions d'une salle de rédaction aux coulisses d'un théâtre, d'un café à un cercle, je n'ignore pas que beaucoup d'autres de nos contemporains se livraient à des travaux plus importants. Il y avait le Paris d'entre la Madeleine et le boulevard des Capucines, et puis il y avait l'autre, celui du quartier latin, celui de la Sorbonne et du Collège de France, où l'on avait le mépris de notre existence frivole. Mais ce n'est pas celui-là que j'essaye de vous raconter. Le contraste entre les deux rives de notre cité est éternel. Balzac déjà l'avait fait avec un relief incomparable, lorsque, dans les *Illusions perdues*, il opposait le sévère d'Arthez et Bianchon le savant au léger et inconscient Félix de Rubempré. Et il y avait entre ces deux existences la même différence qu'entre *la Vie de Bohême* de Murger et, je suppose, *le Disciple* de Paul Bourget. Dans l'histoire littéraire de Paris, on rencontre toujours cette opposition et on la rencontre encore aujourd'hui. Elle existait donc en 1880, et je sais parfaitement que le boulevard n'était pas Paris, Paris tout entier. Il n'en était qu'une portion étroite et brillante, découpée dans l'ensemble d'une façon un peu artificielle. Cependant, elle est loin d'être négligeable. Une ville comme la nôtre a beaucoup d'aspects différents et, pour la bien connaître, il faut savoir l'examiner dans toutes ses postures, l'austère comme la débraillée.

Et c'est le mot. Débraillé élégant, mais tout de même débraillé. Un mélange de nonchalance, de fatalisme et de bonne humeur, qui nous empêchait d'avoir de grands desseins, mais qui nous épargnait aussi la mesquinerie. La question d'argent avait certes son âpreté, elle l'a toujours eue, mais elle n'avait pas encore l'âpreté que nous voyons. Dans la carrière d'un homme de lettres, elle n'était pas encore à l'étalage, on la laissait dans l'arrière-boutique. Nous admirions des écrivains comme Barbey d'Aurevilly et Jules Vallès, qui gagnaient à peine leur vie, et nous n'aurions pas songé une minute à les plaindre. De même quand nous manquions d'argent, l'idée ne nous serait pas venue de maudire la destinée, ni de crier à la persécution. Et quand, par hasard, on nous payait bien un de nos articles, nous n'éprouvions aucune fierté, car nous savions, par expérience, la mobilité de l'argent. Non pas que nous menions absolument la vie de bohême du temps de Louis-Philippe. Nous en menions une autre plus complexe et plus dure, soumise à plus de conditions. Chaque époque a la sienne en marge des professions régulières, et le journalisme n'était pas encore une profession régulière. Notre vie de bohême à nous se déroulait donc, avec ses vicissitudes et ses heurts, entre les journaux, les théâtres et les cercles. Ces derniers lieux jouaient un rôle important dans l'existence boulevardière. A ce moment, ils pullulaient. Il en existait peut-être vingt entre la place de l'Opéra et le Château-d'Eau, ou dans les rues avoisinantes. Leurs larges fenêtres aux rideaux rouges, qui, le soir, laissaient glisser sur le boulevard des rayons de lumière, raccrochaient les passants et les attiraient autour des cagnottes profondes. Pour entrer, il n'était pas besoin de grandes formalités. Il suffisait de présenter poliment sa carte à un valet de pied en culotte courte et en bas de soie. Et on entrait. Afin de retenir les clients, on les nourrissait à très bon compte. Le repas coûtait, je crois, quatre francs, café compris. On déjeunait par tables de deux, de quatre, de huit. En pénétrant dans la salle à manger, on prenait un ticket et on le remettait après les hors-d'œuvre au maître d'hôtel. L'administration avait renoncé au crédit, à cause de l'abus. Les membres du cercle, les membres sérieux, ceux qui jouaient et exerçaient une profession, les gens d'affaires, déjeunaient à onze heures, puis ils allaient à la Bourse ; à midi et demi ou une heure, arrivaient les oisifs, couchés tard, ayant joué au baccara une partie de la nuit, éreintés. Ordinairement, ils causaient pendant tout le repas des coups surprenants qu'ils avaient subis la veille et échangeaient des considérations sur le jeu.

Quelques types d'un relief curieux. Il y avait dans chaque cercle un homme que l'on appelait le commandant. Il était, en général, rond et jovial, décoré de la Légion d'honneur ou d'un ordre qui y ressemblait de loin. C'était le témoin naturel des membres du cercle lorsqu'ils avaient un duel, et c'est même pour cette unique raison qu'on l'appelait le commandant.

Il y avait aussi, pour ces circonstances solennelles, un médecin attaché à l'établissement

ainsi qu'un magistrat. L'un pansait les blessures, l'autre intervenait quand le cercle avait
des démêlés avec la justice. Tout cela était
assez gai, un peu cynique comme vous voyez,
et d'une cordialité facile. Ce n'était pas tout à
fait le tripot du Palais-Royal, celui où le chevalier des Grieux allait risquer les galères pour
Manon, mais cela le rappelait par une foule de
détails qui n'étaient pas édifiants, et principalement par la fréquence des aigrefins qui s'y
faufilaient. Parfois on les arrêtait ; d'autres fois
on les priait de sortir, et c'était sur le boulevard de petits scandales d'une heure. J'ai retrouvé au hasard de la vie quelques-uns de ces
personnages. Il y en a qui ont bien tourné et
qui ont fait de riches mariages ; d'autres qui
ont fini d'une façon plus conforme au bon
fonctionnement de la société, c'est-à-dire en
prison.

Voilà les cercles. Au théâtre régnait un
homme pittoresque, un peu vulgaire, très intelligent, et maniant supérieurement la vie
parisienne, comme disait de lui Aurélien Scholl.
Cet homme était Victor Koning et dirigeait le
théâtre du Gymnase. Il jouissait d'un prestige

étrange, et son autorité dans son théâtre sur les artistes et sur les auteurs n'avait pas de limites. C'est de lui que date cette expression : « Commander une pièce. » Il commandait des pièces aux auteurs et quand il les avait commandées, il ne restait plus qu'à les faire. Et les auteurs les faisaient sans broncher, et elles étaient bonnes, ou du moins elles avaient du succès, ce qui était l'essentiel pour Koning. Je le rencontrai un jour, dans la salle de rédaction, où il comptait beaucoup de camarades. Un de mes articles lui avait plu et il me commanda une pièce, à moi, chétif. Je crus mon avenir assuré, et je me mis au travail le soir même. Dès que j'en eus écrit quelques scènes, je les portai à Koning, pour lui montrer mon obéissance à ses ordres. Koning me dit qu'elles ne tenaient pas debout et me conseilla de prendre un collaborateur. Je n'en trouvai pas qui voulût se charger de mon éducation et je renonçai provisoirement au théâtre.

Il n'était pas facilement accessible aux débutants, le théâtre en 1885. C'était une sorte de lieu sacré, où l'on n'était admis qu'après une lente et pénible initiation. Une garde sévère veillait jour et nuit pour empêcher les profanations.

Et la profanation, c'était qu'un romancier, qu'un journaliste, ou qu'un poète se permît d'écrire une pièce qui ne fût pas conforme aux règles de l'art. Quand un de ces malheureux s'y risquait, il fallait voir avec quel entrain la critique le renvoyait à l'école ! Car on avait découvert les lois du théâtre et on ne reconnaissait à personne le droit de s'en écarter. Aussi notre génération tenait-elle le théâtre en grand mépris. Elle s'est rattrapée depuis.

Passons un instant du côté des artistes et entrons dans les coulisses alors fameuses du Gymnase, du Vaudeville, des Variétés, du Palais-Royal. Les premiers venus n'y pénétraient pas. Il fallait être un Parisien notoire, ou tout au moins être accompagné par l'un d'eux. Entre le public et les coulisses, il existait encore une sorte de cloison étanche de chaque côté de laquelle on se tenait à sa place. On ne fusionnait que par hasard. Vous pouvez voir dans certaines comédies de Meilhac et Halévy, qui sont, outre des œuvres dramatiques d'une fantaisie supérieure, de précieux tableaux de nos mœurs, vous pouvez voir les charmantes précautions que prenait alors une femme du monde pour aborder une comédienne, et réciproquement. Recevoir chez soi une comédienne, ou aller lui rendre visite, sous un prétexte quelconque, était alors un petit événement. Non pas que nos belles actrices fussent l'objet de la réprobation. Elles ont toujours mené, à Paris, hier comme aujourd'hui, une existence brillante et enviée. Je trouve même que cette existence était plus brillante quand elle n'était pas aussi directement mêlée à la nôtre, quand la foule ne faisait que soupçonner les mystères des coulisses, sans les avoir encore approfondis ; quand les coulisses demeuraient, pour elle, les temples inaccessibles où se célébraient les rites secrets du théâtre. Maintenant, les barrières sont tombées. Les coulisses d'un théâtre sont dépourvues de toute frivolité. Les artistes reçoivent dans leur loge comme dans un salon ou dans un bureau. Aucun mystère n'entoure leur vie régulière et ordonnée. Ils ne sont plus pour nous des êtres de fantaisie et nous connaissons leur famille, leur mari ou leur femme, leur mère et leurs enfants.

L'existence d'un jeune écrivain à ses débuts
dans ce décor parisien de 1880 à 1885, je ne
vous la donne évidemment pas comme exemplaire. N'allez pas vous imaginer pourtant que
ce fut un tissu d'horreurs. Non. Elle manquait
simplement d'ordre et de prévoyance à un
degré qui ferait frémir un débutant de nos
jours. Elle manquait surtout d'un plan, d'un
dessein arrêté. Je me rappelle notre prodigieuse
insouciance de ce que pouvait nous réserver
l'avenir. Nous allions d'un journal à l'autre,
suivant notre caprice, nos relations, les journaux nouveaux qui se fondaient ou ceux qui
disparaissaient. Nous écrivions tantôt une nouvelle, tantôt un article d'actualité, au hasard
des événements et des circonstances. Nous nous
figurions que nous avions du succès lorsqu'un
des maîtres du journalisme, Aurélien Scholl ou
Henry Fouquier, nous complimentait légèrement. Un jour, Arthur Meyer me dit : « Le
prince de Sagan m'a parlé de votre article en
déjeunant chez Bignon. » Je n'eus pas l'audace
de lui demander ce qu'en avait dit le prince,
mais il en avait parlé, cela suffisait. Je rentrai
chez moi, ivre d'un orgueil provisoire dont les

fumées ne tardèrent pas à se dissiper, car nous savions déjà la fragilité des choses humaines. D'ailleurs, Arthur Meyer se chargea lui-même de me rappeler à la modestie, en me disant quelque temps après, au commencement de la saison, comme je me permettais de lui demander une petite augmentation : « Impossible. Car vous ne faites que des articles humoristiques, et l'humour ne sera pas à la mode cet hiver. » Et c'est là que je commençai à voir combien les prédictions de l'éminent directeur du *Gaulois* étaient justes dans leur forme concise et pittoresque. Je passai donc, cette année-là, un hiver incertain et sans humour.

Je venais de rencontrer quelques camarades d'école que j'avais perdus de vue, amenés au journalisme par le goût des lettres ou la nécessité de gagner leur vie. Je me liai avec quelques jeunes écrivains de ma génération, dont plusieurs sont devenus illustres, dont d'autres ont disparu dans la tourmente. Je leur demande la permission de mêler leurs noms à ces souvenirs légers.

Un des premiers que je retrouvais était un jeune homme d'un esprit si original et d'un ton si neuf, qu'il venait, en quelques articles, de créer un genre dans le journalisme.

Il sortait de l'Ecole de médecine, après quoi il avait été secrétaire d'un préfet, et maintenant il écrivait au *Gil Blas* une série d'articles intitulés *les Gaietés de la Semaine,* qui ne furent d'abord qu'un succès de boulevard, mais qui, au bout de quelques mois, devinrent un succès presque universel, et non seulement à Paris, mais en province. Cet écrivain était Etienne Grosclaude, et il fut un des premiers pour qui le journalisme, tout en conservant sa verve d'actualité, sa force satirique, sa manière légère, devenait en même temps une des catégories de la littérature. Jules Lemaître lui consacra une étude dans la *Revue Bleue* et marqua tout de suite cette jeune notoriété du boulevard du sceau de la haute critique. Il y eut des à-peu-près de Grosclaude qui sont restés classiques dans ce genre, dont depuis lui on a un peu abusé. Vous connaissez la surprenante biographie d'Homère qui commençait par cette phrase : « Homère était atteint de cécité qui se disputait l'honneur de lui avoir donné le jour. » Mais il n'y avait pas que de la cocasserie dans les articles de Grosclaude : il s'y trouvait de très profondes observations sur les choses du jour et, à chaque instant, les traces d'une culture supérieure. C'est cela qu'il faut noter avec soin chez beaucoup de jeunes écrivains de cette époque : le mélange d'une véritable culture scientifique et classique avec le goût de la littérature. Quand Paul Bourget a écrit cette admirable confession intellectuelle de toute une génération : *les Essais de Psychologie contemporaine*, il a indiqué par quelle série d'influences, à l'école de quels maîtres s'étaient formés les plus graves esprits de son temps, et il en a ajouté un qui était lui-même. Mais dans une génération il n'y a pas que des esprits graves et méthodiques ; il y a aussi des carrières brisées à leur départ et hasardeuses et des esprits insoumis. Eh bien ! ceux-ci comme les autres avaient un fonds commun et les mêmes maîtres, un Taine, un Flaubert, un Sainte-Beuve, un Renan, un Claude Bernard.

Alphonse Allais, par exemple, qui devait être le rédacteur en chef du *Chat Noir*, avait lu l'*Introduction à l'étude de la médecine expérimentale* et il était passionné de Flaubert. Je ne

vous donne pas un rapport entre le *Chat Noir*
et Claude Bernard comme absolument nécessaire. Vous retrouvez néanmoins ce paradoxe
dans toutes les tendances de la génération littéraire de 1880 à 1885. C'est peut-être ce fonds de
culture qui lui a permis de s'adapter si bien à
la vie moderne, quelles qu'en aient été pour elle
les surprises. Si Grosclaude, tout en restant un
journaliste exquis, a pu devenir un organisa-
teur d'industries et un champion de la coloni-
sation française, il n'est pas exagéré de dire
qu'il le doit en grande partie à cette ample et
solide culture. Une fois qu'on l'a reçue, elle vous
discipline à jamais, jusque dans les heures de
notre existence qui semblent livrées au pur
hasard. Elle a empêché, j'en suis sûr, beaucoup
d'entre nous de sombrer à des heures difficiles.
Il y a toujours eu, à toutes les époques, des ré-
guliers et des réfractaires, des classés et des
déclassés. Or, la culture classique tend à ra-
mener inévitablement les réfractaires dans
l'ordre, et elle a la chance quelquefois de faire
des déclassés supérieurs. Une culture sans tra-
dition et sans méthode est favorable, au contraire, au vagabondage et à l'anarchie.

Que de débuts variés d'hommes de lettres il
y eut à cette époque-là ! Paul Hervieu, qui sortait de l'Ecole de droit, écrivait dans le *Gaulois* des articles d'une acuité singulière et dont
quelques-uns semblent observés d'hier. Il les
a réunis sous le titre de : *la Bêtise parisienne.*
Vous voyez que nous n'étions pas tous dupes du
parisianisme. Paul Hervieu en était encore
moins dupe que nous. Il possédait déjà cette
lucidité profonde des caractères et des mœurs
qui est la force de son théâtre, et il l'appliquait
aux physionomies de l'heure, aux gens que
l'actualité rapide mettait en lumière. Il fixait
leur attitude d'un trait sûr et brillant, et il fut
aussi un des inventeurs de ce journalisme littéraire qui essaye de se reconstituer aujourd'hui.

A je ne sais plus quel détour de notre carrière, Octave Mirbeau, Hervieu, Grosclaude et
moi, nous quittâmes le *Gaulois* et nous fon-
dâmes un petit journal hebdomadaire, *les Grimaces*, qui n'eut que quelques numéros, ainsi
qu'il convient pour un journal fondé par des
littérateurs. C'est Octave Mirbeau qui avait
trouvé la petite somme d'argent nécessaire à
cette entreprise. Il était notre aîné, il jouissait

déjà d'une grande notoriété, il était un des
maîtres de la chronique, il en fut le rédacteur
en chef. Grosclaude y faisait les échos de théâtre
et la critique dramatique, et il parlait des auteurs et des artistes sur un ton irrespectueux
qui contraste étrangement avec la dévotion
d'aujourd'hui. Hervieu y donnait des considérations générales et philosophiques sur les événements, et j'y étais chargé de la politique inté-
rieure et des débats de la Chambre. Inutile
d'ajouter que *les Grimaces* étaient un journal
réactionnaire et d'opposition. Je ne me rappelle plus très bien quel était alors le gouverne-
ment auquel nous faisions de l'opposition, mais
elle était énergique et virulente. Nous ai-
mions à flétrir les hommes politiques et, en
général, l'ensemble de la société. Le premier
article de Mirbeau fut intitulé tout simplement :
Ode au choléra. Ce fléau venait d'apparaître, et
Mirbeau, au lieu de réclamer des mesures pro-
phylactiques comme on le ferait aujourd'hui,
lui souhaitait, au contraire, la bienvenue. Il le
suppliait d'immoler un certain nombre de gens
qu'il désignait par leur nom, de supprimer les
scandales, de renverser nos institutions, et en

somme de tout détruire pendant qu'il y était.
Cet article était destiné à inquiéter les bourgeois, et il les inquiéta en effet. Il inquiéta aussi
notre administrateur, qui y vit un mauvais
signe pour l'abonnement, et Mirbeau eut même
deux ou trois duels avec les gens qu'il menaçait
du choléra. Malgré tout, *les Grimaces* furent
un journal gai, et, en parcourant la collection,
j'ai été surtout surpris de la prodigieuse irrévé-
rence dont nous faisions preuve vis-à-vis des
puissants de ce monde. Autant dans la vie
privée nous étions paisibles, autant la plume
à la main nous devenions audacieux. Quand je
pense à la façon dont Grosclaude traitait les
directeurs de théâtre ! J'en frémis encore. Un
soir de première représentation, le directeur du
théâtre de la Porte-Saint-Martin, qui était un
homme nommé Derembourg, reçut publique-
ment des gifles du colonel Lisbonne, le membre
de la Commune. Et *les Grimaces* annonçaient
cet événement par cette phrase : « M. Derembourg vient de recevoir des gifles de Lisbonne.
Les Portugais sont toujours gais. » Je laisse à
votre imagination le soin d'établir les proportions que cet événement prendrait aujourd'hui

avec les interviews, la photographie et le cinéma.

Comme vous le voyez, le journalisme et la littérature ne nous paraissaient pas, en somme, inconciliables. D'ailleurs, un journal se fonda, *l'Echo de Paris*, qui avait précisément pour programme de réaliser cette union. Le directeur était M. Valentin Simond, dont le fils, M. Henry Simond, est un des maîtres de la presse actuelle et a fait de *l'Echo de Paris*, fondé par son père, un des plus importants journaux politiques. Je fis encore la connaissance, pendant cette période, d'un très jeune écrivain, M. Fernand Vandérem, qui débuta au *Gaulois*, comme beaucoup d'entre nous, dans le tourbillon d'Arthur Meyer, et dont je n'ai pas besoin de vous rappeler la brillante carrière. Dans un autre journal, un jeune polytechnicien apportait ses premières nouvelles et son premier roman, *le Scorpion*. C'était Marcel Prévost, ingénieur des tabacs. La promotion de l'Ecole centrale fut également privée à ce moment-là d'un autre excellent ingénieur, Maurice Donnay. Les œuvres de ces deux écrivains, aujourd'hui illustres, sont trop connues et trop commentées pour que je recherche devant vous ce que l'auteur de *Lettres de femmes* peut devoir à son éducation scientifique, et celui d'*Amants* et des *Eclaireuses* à sa connaissance du calcul intégral. Mais ne doutez pas un instant que l'un et l'autre leur doivent beaucoup et qu'ils le savent.

Octave Mirbeau écrivait un peu partout. Il alternait au *Figaro* avec Montjoyeux, un des brillants chroniqueurs de ces années lointaines qui ont laissé sur elles de véritables pages d'histoire qui en rendent étonnamment l'atmosphère. Au *Figaro* se trouvait alors, dans la foule des rédacteurs, un garçon de vingt-cinq ans, d'une allure discrète et d'un esprit dont la fine bienveillance contrastait singulièrement avec le ton hautain de la maison, où venait de finir à peine le règne d'un despote, Villemessant. Ce garçon dont je vous parle, quoique appartenant au *Figaro*, ne manifestait aucune fierté de cette chance extraordinaire, et si on lui eût prédit qu'il dirigerait plus tard ce journal tout-puissant et qu'il en renouvellerait la prospérité, il eût rangé ce pronostic parmi les folies de notre jeunesse. Car Gaston Calmette n'avait pas plus d'ambition que nous, ou plutôt il avait, comme nous tous, cette forme vague d'ambition qui est la confiance dans l'avenir et dans la bonne disposition des événements à notre égard. J'y insiste, parce que c'est une des caractéristiques de toute cette génération d'écrivains, d'hommes politiques, d'artistes. On allait et venait dans un décor qui commençait à changer avec une rapidité vertigineuse.

Mais je ne veux point me laisser entraîner à des souvenirs trop personnels. Je serais tenté de vous citer trop de noms, un Emmanuel Arène, foudroyé comme il arrivait au sommet de son talent et de sa carrière, d'autres, au contraire, bien vivants, bien campés, Adrien Bernheim, qui n'avait pas encore tout à fait un an de théâtre, ou Pierre Decourcelle que le krack de l'Union générale venait de jeter de la Bourse au boulevard et au journalisme, le mettant sur la voie qui devait le conduire à la présidence de la Société des auteurs. Pas un d'entre nous qui n'eût été, à ses débuts, victime de quelque secousse et détourné de sa profession, voilà le trait général.

L'ébauche que j'ai essayé de vous tracer de

cette époque de 1880 à 1885, vue du boulevard, serait plus incomplète encore, si je ne vous parlais pas de ce krack de l'Union générale, qui ne fut pas seulement une des grandes catastrophes financières des temps contemporains, mais une date dans l'histoire de Paris. Quelques mois avant ce krack, on spéculait dans tous les mondes parisiens avec une fièvre que je n'ai jamais vue, pas même au temps des mines d'or. Toute la petite bohême du boulevard, journalistes, acteurs, clubmen, jouait à la Bourse aussi bien que la bourgeoisie et la haute finance. Les gens qui, la veille, étaient couverts de dettes et couraient après un louis, mettaient dix mille francs en banque dans les tripots. Des figurantes de théâtre qui avaient un amant à la Bourse, achetaient tout à coup un hôtel. On avait l'impression que tout le monde à la fois gagnait et qu'il n'y avait pas de perdants. Paris avait un peu l'aspect, dans certains coins, d'une ville de Californie lors de la découverte des mines. On s'y ruait. Par la large déchirure de la spéculation, étrangers, provinciaux affluaient. De tous les points de la terre on venait y ramasser de l'or. On ne peut pas oublier ce grouillement quand on l'a vu, ce besoin ardent de jouissance immédiate, ces frémissements de plaisir et cette insouciance du lendemain. Un jour, à midi, le krack commença. Ce fut comme une grande lame de fond qui balaya tout, ou comme un énorme festin interrompu soudain par un tremblement de terre. Quel débandade et quel réveil ! Et quel départ pour la Belgique d'un tas de petits banquiers hasardeux et falots ! On en arrêtait dans toutes les rues, les retardataires, ceux qui avaient manqué le train. Je me rappelle un déjeuner chez l'un d'entre eux, pendant la semaine du krack. C'était le lendemain d'une première représentation et l'on fêtait le triomphe de l'étoile, laquelle n'était autre que l'amie en titre du maître de la maison. Au dessert, on entendit dans l'antichambre des bruits de voix sur un ton impératif : « Mandat d'amener... Au nom de la loi !... » Notre hôte devint légèrement pâle et nous demanda la permission d'aller voir ce que c'était. Nous ne le revîmes plus et nous achevâmes le déjeuner sans lui. Ah ! cette année-là, on peut dire que le Tout-Paris des premières traversa une crise !

Je viens de vous dire que le krack fut une date capitale de l'histoire de cette époque et vous voyez maintenant pourquoi. Le Paris de l'Empire et des premières années de la République fut remué de fond en comble, de larges brèches y apparurent, à travers lesquelles l'envahissement commença. Vous savez ce qu'on appelle en géographie la ligne de partage des eaux. C'est la crête qui sépare deux bassins et qui marque l'origine commune des eaux qui les alimentent l'un et l'autre. Eh bien ! l'année du krack fut une véritable ligne de partage des eaux entre deux versants parisiens. A partir de là, Paris fut progressivement envahi par le cosmopolitisme de l'argent, et la physionomie du Paris moderne commença à apparaître.

Je veux m'arrêter au seuil de ce Paris-là et ne pas me livrer davantage au jeu un peu puéril des comparaisons entre le présent et le passé. Car on est toujours tenté de donner la préférence à celui-ci, et c'est une assez fâcheuse attitude. A son tour, il fut le présent et, comme tel, on le dénigra. L'heure où nous vivons deviendra rapidement le passé et servira alors aux esprits chagrins pour dénigrer les temps futurs.

Et nous entendrons un jour, dans notre extrême vieillesse, des gens nous dire peut-être : « Ah ! si vous aviez connu le Paris de 1913 ! » Tâchons, par conséquent, quand nous opposons les mœurs anciennes aux nouvelles, de ne pas nous abandonner à de trop tristes présages pour l'avenir. Sans compter que les anciennes reviennent quelquefois au moment où on s'y attend le moins. Ainsi, suivant que nous regardons l'une ou l'autre face des choses, nous oscillons de l'espérance à la mélancolie.

LA CENSURE

LA CENSURE

Nous avons dépassé, je crois, la période où nous nous plaisions à supprimer et à détruire, et nous voici dans celle où nous allons essayer de rétablir. Ainsi nous aurons vu à l'œuvre dans un bref espace de temps les deux grands instincts français, l'instinct révolutionnaire et le conservateur. Ils nous dominent alternativement non seulement comme nation, mais encore comme individus. Par exemple, les anarchistes adorent placer l'argent à la Caisse d'épargne, et vous savez que certains conservateurs ne reculeraient devant aucun désordre pour assurer la tranquillité publique. En somme, nous démolissons avec entrain, en gardant toujours à notre insu l'arrière-pensée de reconstruire, et c'est ce qui explique la réapparition soudaine, à chaque instant, de tant de choses, modes, idées, et même institutions, que l'on croyait à jamais disparues de chez nous.

La question du rétablissement de la censure qui vient de se poser à nouveau est un phénomène de ce genre. Qui eût prédit qu'on parlerait encore de la censure en France ? Sa suppression avait paru un magnifique effort de l'esprit de liberté. Quelques années à peine se sont écoulées et nous réfléchissons : l'instinct de conservation réagit à son tour.

Elle va loin cette question de la censure et se rattache à bien des problèmes d'aujourd'hui. Examinons-la sous les deux aspects qu'elle présente suivant qu'on la considère du côté du public ou du côté de l'écrivain.

Lorsqu'on décréta l'abolition de la censure, on n'eut pas l'intention, il faut être juste, d'encourager la pornographie, la diffamation, la grossièreté. La thèse générale fut que les spectateurs feraient eux-mêmes leur police et ne toléreraient point les excès. Or, l'expérience démontre clairement que c'est le contraire qui se produit. Des gens assemblés dans une salle de spectacle et qui sont venus là pour se distraire ont une tolérance illimitée. Ils acceptent exac-

tement tout et sans l'ombre de protestation.
Ils prennent ce qu'on leur donne. Au commencement de la soirée, ils murmurent : « C'est
raide ! » ; à la fin ils sont ravis, et le lendemain
ils en demandent le double : c'est la progression
à laquelle nous assistons. Des bourgeois qui,
individuellement, sont raisonnables et propres,
deviennent, à l'état de spectateurs, incapables
de toute délicatesse. Ils s'amusent en public,
sous l'excitation de la musique, de la lumière,
des artistes, de choses dont en famille ils seraient indignés. Personne ne conteste cette
situation, et il n'y a d'ailleurs qu'à traverser
nos endroits de plaisir (je sais faire les excep-
tions qui conviennent).

Nous constatons donc à la fois un accroisse-
ment d'énergie, d'instruction, de valeur morale chez l'individu et une perversion du goût
chez la collectivité. Ce serait une contradiction
bien étrange si nous ne remarquions pas que
l'individu est encore, malgré tout, assez soli-
dement encadré et soumis à de vieilles règles
de conduite, tandis que la foule, quelle qu'elle
soit, et où qu'elle soit, au théâtre, dans la rue,
dans une réunion électorale, sait désormais

qu'elle ne dépend plus que d'elle-même et a
des mœurs de souveraine absolue. On lui a
tellement répété qu'elle était la source du droit
et de la justice et que ses décisions étaient sans
appel !

Quoi d'étonnant, par conséquent, si elle est
à la merci des flatteurs et de la surenchère, dans
ses appétits aussi bien que dans ses distrac-
tions ? Quoi d'étonnant si le goût public
s'épaissit au lieu de s'affiner ?

Jusqu'à quel point peut-on agir sur lui et lui
imposer une direction ? C'est un des gros problèmes contemporains. Peut-on tricher la foule
pour ainsi dire et la conduire en ayant l'air de
lui obéir ? En nous bornant au théâtre, la réponse n'est pas douteuse. Une masse de spectateurs, dans cet état particulier, est essentielle-
ment malléable, si on a soin de ne pas la heurter
de front brusquement. Alors, elle s'adapte d'une
façon presque instantanée aux conditions de la
scène : elle est le liquide qui prend la forme du
vase. Elégante ou vulgaire, cette forme, pendant trois ou quatre heures, devient la sienne ;
et quand elle l'a dépouillée, il lui en reste encore
le frôlement. Frôlement, c'est-à-dire impres-

sion légère de bien-être ou de malaise, de bon sens ou de sottise qui persiste au-delà de la soirée et va en s'atténuant d'heure en heure. C'est la limite de l'influence du théâtre sur les mœurs. Sans être profonde, cette influence est réelle ; et on doit y avoir d'autant plus garde qu'elle s'exerce avec autrement de force dans le mal que dans le bien. Un tableau grossier provoquera, en effet, chez les spectateurs, plus de sensations malsaines et de dégradation qu'une œuvre noble et hardie le fera de générosité. Telle est, hélas, notre nature, qu'il est plus aisé de créer méthodiquement un malfaiteur qu'un héros.

La surveillance du théâtre dans toutes ses manifestations est donc une précaution légitime de la société. Qu'on ait pris autrefois cette précaution avec maladresse et brutalité, on se le rappelle ; et que les écrivains se soient crus délivrés de leurs chaînes en voyant supprimer la censure, on le conçoit parfaitement. En ces temps lointains, la liberté d'écrire n'avait pas fait ses preuves et nous ignorions encore ce qu'elle contenait de tyrannies nouvelles et de désordres. Certes, le vaste champ de la pornographie nous est ouvert et tout le monde a le droit de faire chanter des chansons obscènes par des femmes légèrement vêtues de deux boucles d'oreilles ; mais si nous avions le talent, ce n'est pas la censure qui nous empêcherait de faire jouer *Tartuffe* et *le Mariage de Figaro* ou de publier *Candide*. Ce seraient les salons, la politique, toute l'intrigue mondaine et littéraire ; ce seraient les mœurs et les coutumes engendrées précisément par la liberté. O liberté, tu es passionnante à conquérir comme une maîtresse, après quoi tu as les mêmes inconvénients !

De jour en jour, les écrivains et les artistes se livrent à ces réflexions. Ils se demandent s'ils n'ont pas été dupes de cette formule magique de la liberté de l'art, et si, pour avoir été moins libres qu'eux, Shakespeare et Molière, Descartes et Voltaire n'ont pas trouvé finalement le moyen de dire à peu près ce qu'ils pensaient. Et Galilée lui-même s'en est admirablement tiré.

Admettons, si nous tenons toujours à cette fiction, que l'art est libre. Mais avouons-nous courageusement que les artistes ne le sont pas

et n'ont pas intérêt à l'être trop. Il n'y a pas
d'art sans civilisation ni sans goût, et, par suite,
sans contrainte et sans choix. Il n'y a pas d'art
dans une atmosphère lourde et sous les regards
d'un public barbare. Tout ce qui allégerait l'une,
tout ce qui préserverait l'autre de la décadence
et du mauvais goût favoriserait les écrivains.

Une censure composée d'amateurs polis et
lettrés, à l'abri des coteries, dépourvus de la
morgue officielle et opérant en pleine lumière
et non dans la poussière des bureaux, pourrait
jouer dans cette besogne un rôle capital. Le
rétablissement de la censure ? Non, décidément, c'est un vilain mot ! Mais la création
d'une sorte de conseil de surveillance, qui aurait pour mission d'empêcher le plaisir de tom-
ber trop bas et même d'en élever peu à peu la
qualité. La foule subirait sans s'en apercevoir
cette discipline discrète, et quant aux écrivains
et aux artistes, ce qu'ils y perdraient en liberté,
ils le regagneraient vite par la finesse du public
à les comprendre, et par l'approbation d'une
élite de plus en plus nombreuse.

LITTÉRATURE ET PUBLICITÉ

LITTÉRATURE ET PUBLICITÉ

Depuis de longues années, on n'a pas « parlé littérature » en France. C'est un sujet de conversation que l'on n'aborde plus que de biais à l'occasion d'un prix académique ou d'un petit scandale de théâtre. Même en littérature, nous avons introduit le sport, la politique, le goût de l'incident : nous n'avons plus de conversation purement littéraire ou artistique.

Aurions-nous perdu ce tour charmant de la conversation française ? Les salons, les milieux cultivés de la bourgeoisie seraient-ils devenus incapables d'animation littéraire ? Avant de répondre à ces questions, rappelons-nous les moments où, à notre époque, la belle passion des lettres fut manifeste. Il y en eut deux : la période du naturalisme et celle du Théâtre-Libre. Quelque opinion que l'on ait sur les doctrines qui en sortirent, on ne peut nier leur

retentissement et l'impression qu'elles firent
sur les esprits contemporains. Les critiques de
Zola et ses romans, les romans d'Alphonse Daudet, les premières nouvelles de Maupassant rat-
tachaient à la littérature un public immense et
le détournaient provisoirement de toutes les
œuvres bâclées et médiocres. La jeunesse et
les salons se passionnaient non point parce
que tel roman, *Germinal* ou *le Nabab*, se tirait
à cent cinquante mille exemplaires, mais parce
qu'il apportait une forme, un style que l'on ne
connaissait point encore, une observation per-
sonnelle, une expression neuve des sentiments
et des caractères.

Supposons qu'un jeune écrivain d'aujour-
d'hui, après quelques essais, obtienne tout à
coup le succès prodigieux de *Fromont jeune et
Risler aîné* ou de *l'Assommoir* qui furent les
débuts d'Alphonse Daudet et de Zola dans la
grande notoriété. Imaginez la bousculade qui
va se faire autour de lui. Il est interwievé mille
fois ; on se jette sur sa personne. On ne lui demande pas sa conception de la littérature, mais
quels sont ses gains et ce qu'il va faire de tant
d'argent. Les origines littéraires de son talent

n'importent guère, non plus que les mystérieux rapports qui existent entre le talent et le succès ; c'est le succès seul qui excitera la curiosité, le succès avec ce qu'il a de sportif et de pittoresque, avec ses bénéfices, ses rivalités, sa bataille, le déchaînement des jalousies, les applaudissements frénétiques, le dénigrement forcené, cet aspect de lutte et de course que nous voulons à tous les spectacles. Est-ce un écrivain que l'on loue ou un aviateur que l'on acclame, ou un boxeur ? Ce n'est point l'éloge des lettrés qui fera la gloire de l'auteur, mais les lorgnettes et les éventails des femmes jetés dans l'arène comme à une course de taureau.

Telle est l'aventure qui attend demain ce jeune triomphateur. Restera-t-il un homme de lettres à la suite de tout ce tapage ou bien un phénomène quelconque, proie naturelle de la photographie et du cinéma ? Et peut-on appeler littéraires les conversations qui auront lieu à son sujet dans les salons et dans les cercles ?

Parlons-nous de théâtre ? Observons immédiatement que la formule « art dramatique » ne nous est pas nécessaire pour poursuivre l'entretien. Nous ne prononcerons même pas le mot une seule fois. Le théâtre, c'est l'ensemble des artistes, des décors, des histoires de coulisses, des circonstances qui précèdent l'apparition d'une pièce, des potins de la « générale », des recettes, de la réclame, des duels de l'auteur avec les critiques, des différends de l'étoile avec sa couturière et de ses querelles avec son amant, et du sujet de la pièce par-dessus le marché.

Mais ne nous livrons pas à l'exercice frivole de comparer au passé le temps présent. Le temps présent a ce caractère impérieux que nous sommes obligés de le vivre. Le regret du passé est déprimant. L'individu qui n'est pas face à la vie moderne est d'avance un vaincu. N'importe, ces périodes déjà lointaines du naturalisme, et ensuite du Théâtre-Libre, contrastent fortement avec les mœurs littéraires du jour. Certes, les fureurs de la réclame en littérature et du cabotinage au théâtre sont de toute éternité, et nos aînés les connaissaient comme nous, mais il y avait dans l'art des zones réservées et hautes où on ne les laissait point pénétrer.

*
* *

Quelles sont les causes de ces changements si décisifs ? Elles viennent à la fois du côté du public et du côté de l'écrivain. L'un est trop surexcité par la presse, porté avec trop de précipitation de spectacle en spectacle, d'émotion en émotion, pour avoir le loisir d'un jugement littéraire désintéressé et indépendant. Il court, vaguement guidé aussi par son instinct, à tout ce que lui désigne la publicité de sa voix criarde. L'autre, l'écrivain, subit des tentations analogues. Il est hanté par le fait divers, l'exception saisissante, les cas monstrueux, ou bien l'anormal et le raffiné, tout ce qui étonne et tout ce qui secoue. Il ne sait plus ou il n'ose plus présenter au lecteur des aspects généraux et larges d'une époque ; il rétrécit et use son talent dans le détail.

Ce sont les tendances de presque toute la littérature contemporaine. Elles la conduisent dans une double impasse : le réalisme vulgaire et l'ésotérisme, c'est-à-dire la région la plus basse et la région inaccessible et obscure. Notre littérature abandonnerait ainsi le domaine où elle est supérieure et sans rivale : la représentation de l'humanité et l'interprétation de la vie.

Qu'il se prépare ainsi un désaccord grave entre les écrivains et le public, que ce dernier hésite devant la littérature et refuse de s'y passionner, cela n'offre rien de surprenant. Sous l'influence de son éducation, de ses traditions, le public français cultivé réclame à la littérature des émotions à la fois délicates et profondes ; il les lui réclame sous une forme dépourvue de grossièreté et de pédantisme également, ou alors, l'excellent reportage des journaux et le cinématographe lui suffisent. Il aime l'esprit pour ce qu'il contient de pensée, et la pensée si elle emprunte à l'esprit, pour s'élever, des ailes légères.

Il faudrait étudier encore, dans cette transformation de nos mœurs littéraires, le rôle de la critique qui, en France, a toujours été prépondérante. Ce rôle, la critique semble vouloir l'abandonner, et ce serait pour les lettres une perte irréparable ; car elle est le lien puissant et indispensable entre les écrivains et le public. Elle les aide à se comprendre réciproquement. Chez ceux-là, elle représente la société, et l'art chez celui-ci. Quand son autorité diminue, quand elle ne parle plus librement, c'est que la conscience de l'écrivain se trouble et que le goût public s'avilit.

LES PETITES DÉCLASSÉES

LES PETITES DÉCLASSÉES

Les mêmes causes exactement qui ont jeté,
il y a trente ans environ, dans la publicité et
le journalisme des milliers de jeunes bourgeois
sans fortune, instruits et mécontents, poussent,
aujourd'hui, vers le théâtre, d'innombrables
jeunes filles pauvres, de toute éducation et de
toute condition. Les nouvelles entreprises dramatiques de cette saison les ont fait sortir de
partout, d'en haut et d'en bas. Auteurs et directeurs les voient chaque jour arriver chez
eux, par files, toutes frémissantes du désir de
la scène, très décidées à n'être jamais ni ouvrières, ni fonctionnaires, ni femmes de petits
employés.

Les rares professions régulières accessibles
aux femmes sont déjà combles ; d'ailleurs, elles
en connaissent les déboires et les malchances,
elles n'en veulent plus. Elles ne veulent pas

non plus glisser dans la galanterie, car la plupart sont d'honnêtes filles. Mais elles ont besoin tout de même, de gagner leur vie et le théâtre leur apparaît naturellement comme le seul lieu où leur jeunesse, leur beauté, leur instruction, puissent leur servir à quelque chose. Le théâtre est, pour elles, ce qu'ont été la finance et le journalisme pour toute une génération de Français, c'est-à-dire l'aventure et l'illusion de l'indépendance. Ce sont nos petites déclassées.

Il en vient de tous les points, de la bourgeoisie gênée autant que des ateliers de Montmartre. En voici une, écœurée d'un travail hasardeux et éreintant. Elle va, le dimanche, au café-concert ; elle entend les mêmes chansons qu'elle chante pendant la semaine à l'atelier et elle se dit :

— J'en ferais bien autant.

Ou bien, elle va dans une des innombrables boîtes de la Butte ; elle voit jouer la comédie par de jeunes personnes de son âge et elle pense :

— Ce n'est pas malin.

Alors, elle achète des brochures, apprend des rôles, les récite devant sa glace. Et elle se risque à aller trouver le directeur de quelque guignol de là-haut. On la reçoit mal, mais elle a flairé les coulisses et elle y retourne.

Un soir, il y a un bout de rôle vacant dans un lever de rideau. Elle le balbutie tant bien que mal; il y a toujours dans la salle quelqu'un qui la trouve charmante et des applaudissements qu'elle prend pour elle : c'est fini, la voilà artiste. Et c'est le gâchis qui commence. Maintenant, elle va errer de théâtre en théâtre, jusqu'au succès ou jusqu'à la culbute. Elle va poser des après-midi entières dans des antichambres, écrire son pauvre nom inconnu sur des carrés de papier et attendre patiemment qu'on la reçoive. Mais elle aime mieux ça que de rentrer à l'atelier; et, auprès de ses anciennes camarades, quand elle va les revoir, elle se vante des émotions de la vie de théâtre et de la gloire de la rampe. Il n'en faut pas plus pour en débaucher trois ou quatre autres.

***

Cela se passe d'une façon un peu plus compliquée dans la bourgeoisie, mais le résultat est pareil.

Il y a souvent une heure dans la vie d'une femme où elle a rêvé d'être actrice, à plus forte raison dans la vie d'une jeune fille sans dot et inquiète de l'avenir. Le théâtre est trop près d'elle, entouré d'une trop brillante légende pour que l'idée d'y pénétrer ne la hante pas, quand elle songe aux conditions de son existence et aux chances qu'elle a d'être heureuse. On vient de lui présenter un petit employé de commerce, mal habillé, sans esprit et sans jeunesse. On le lui a présenté avec un certain cérémonial qui n'est pas le même que celui qu'on a employé jusqu'ici pour les autres messieurs. Et elle a deviné tout de suite qu'elle n'avait qu'un signe à faire pour l'épouser. Mon Dieu, oui! dans huit jours il ne tient qu'à elle d'être la fiancée de ce garçon pour lequel elle n'a aucune espèce de sympathie; elle n'a qu'un mot à dire pour être sa femme dans deux mois, et, à la suite de cette formalité, une mère de famille dans un ménage sans luxe et sans gaieté.

Et elle se représente tout de suite les embarras d'argent dont elle voit les désordres autour d'elle depuis qu'elle a l'âge de raison, la préoccupation des termes à payer, de toute une vie médiocre à organiser et à maintenir. Elle en a déjà assez avant que l'autre ait demandé sa main. C'est une expérience qu'elle est résolue à ne pas faire. Elle a, décidément, trop d'instruction et de goût ; elle a trop réfléchi ; elle a trop de curiosité de la vie ; elle se sent trop fine et trop jeune pour risquer tout cela dans cette aventure. Et elle refuse. Elle en refuse un second, puis un troisième, celui qu'elle sent qu'elle ne refuserait pas s'obstinant à ne pas se faire connaître. Un soir, tous ses désirs se sont précisés, toutes ses réflexions se sont condensées en un mot : le théâtre.

Elle est convaincue, tout d'un coup, qu'elle sera une grande artiste passionnée et vibrante. Comment cette idée ne lui était-elle pas venue plus tôt ? Mais c'est une révélation, elle ne doute plus de sa véritable destinée, de son triomphe prochain. C'est la solution indiquée de sa vie. Y en a-t-il une autre pour une jeune fille pauvre, instruite, ambitieuse, affinée ? Comment hésiter entre un mariage pitoyable et cette merveilleuse existence ? Si le mariage était beau, cela vaudrait mieux, peut-être. Mais ce commis de magasin, cet employé de ministère qu'elle n'aime pas, qu'elle n'aimera jamais ! quelle folie ! Elle sera actrice, c'est une affaire entendue.

Il ne s'agit plus que de prévenir la famille, une bonne famille bourgeoise dont, jusqu'à présent, aucun des membres n'a encore monté sur les planches. Que vont dire le père, la mère et le frère aîné ? Et les grands-parents qui, eux, sont d'une époque de moindre civilisation ? Car notre jeune personne n'a pas l'intention d'abandonner le foyer paternel ; elle a de solides principes de morale, et, en se vouant à l'art dramatique, elle a la conviction qu'elle restera sage ou qu'elle se mariera un jour superbement, comme tant d'autres, et qu'elle demeurera une femme du monde, avec la gloire en plus.

Heureusement, le temps est loin où le père maudissait son fils quand il se destinait à la littérature ou à la peinture. Ces deux professions sont devenues aussi libérales et aussi régulières que la médecine ou le barreau. Et la profession d'artiste dramatique n'a pas tardé à les rejoindre. Elle n'a plus rien à leur envier, ni comme régularité ni comme bonne renommée.

*
* *

Il faut bien dire qu'une si forte transformation ne se serait pas opérée, en ce qui concerne la carrière dramatique, sans, justement, les grandes institutions officielles, Conservatoire et théâtres subventionnés, dont le prestige rejaillit sur elle. L'importance artistique du Conservatoire peut parfaitement se discuter avec de bonnes raisons dans tous les sens. Elle est nulle si on se place à un certain point de vue, considérable si on se place à un autre : en tous cas, elle est relative. Mais, ce qui n'est pas en question, c'est la grosse importance sociale. Le Conservatoire et les théâtres subventionnés, la Comédie-Française, par exemple, dont il est la source, ont créé, à la longue, une profession nouvelle, une profession régulière, qui, sans cela, serait toujours restée incertaine, précaire et méprisée de la bourgeoisie. Et c'est une profession aujourd'hui reconnue, par ce fait qu'elle comporte des professeurs et un lieu officiel d'enseignement. Les artistes qui méprisent le Conservatoire et les subventions de l'Etat ont peut-être raison artistiquement, — encore est-ce un de ces points sur lesquels on peut ergoter sans convaincre jamais personne ; — mais, socialement, ce sont de grands ingrats, car ils leur doivent, du moins en France, d'être respectés et admis, de n'être point considérés comme des vagabonds, et d'avoir parfois des militaires à leur enterrement.

Voilà pourquoi notre petite bourgeoise peut, sans crainte, annoncer à ses parents qu'elle va entrer au théâtre. Elle ne suscitera aucun scandale. La mère soupirera bien un peu, car les mères ont encore un faible pour la vie de famille ; mais le frère aîné qui est à la hauteur des choses, félicitera grandement sa sœur, et le père verra en perspective la Comédie-Française, la considération, les réceptions officielles, sa fille à la table des ministres, ou bien à la droite des préfets à l'inauguration des statues de province.

*
* *

Maintenant qu'arrivera-t-il de cet afflux formidable vers le théâtre de nos petites dégoûtées et de nos petites déclassées ? ouvrières lasses du travail manuel, institutrices déçues par l'enseignement, jeunes filles ambitieuses d'un luxe et d'une gloire que leur refuse la vie normale ? Et nous ne sommes pas seulement en présence d'un phénomène parisien. La province commence à nous en fournir sa part. Sans forger autant de déclassées que Paris, elle se met à nous renvoyer à son tour son trop-plein d'institutrices sans élèves, d'employées sans emploi, de fonctionnaires sans place.

J'en connais une qui est descendue à l'hôtel avec son frère, après avoir donné sa démission d'une administration publique. Elle est attirée à Paris par la lumière des théâtres, elle a des recommandations pour des directeurs et des auteurs et elle attend un engagement, dans une chambre de maison meublée. Son père et sa mère sont des paysans. Sera-t-elle, demain, une étoile ? ou réduite à rentrer dans la ferme où le vent et le soleil lui farderont la peau à leur rude façon ?

Et quelle ressource leur restera-t-il à toutes les petites déclassées d'aujourd'hui si les fées capricieuses ne les protègent pas ? si elles ne gagnent pas à la loterie miraculeuse où elles risquent tant ? Les déclassés de l'autre sexe peuvent encore devenir anarchistes ; mais elles ?...

DISCOURS AUX ÉTUDIANTS

DISCOURS

PRONONCÉ AU BANQUET DE L'ASSOCIATION
DES ÉTUDIANTS LE 15 AVRIL 1907

Messieurs,

Mes chers camarades,

L'honneur que vous faites à celui qui préside votre banquet annuel est toujours très grand. Mais, jusqu'ici, vous avez au moins reçu, en échange, ou de nobles exhortations au patriotisme et au travail, ou de beaux aperçus de philosophie et d'histoire, dans les formes les plus élevées de l'éloquence.

En conviant cette fois-ci à être votre président de table un simple homme de lettres, j'ai deviné tout de suite que ce n'était pas de l'éloquence que vous attendiez de lui ; je crois même que vous me garderiez une secrète rancune d'y prétendre devant vous, et cette pensée me met bien à mon aise. Elle va me permettre, après

vous avoir remercié de votre choix, et vous en
en avoir exprimé ma gratitude, de vous parler
comme un ancien camarade à de jeunes camarades retrouvés dans la plus cordiale des circonstances.

Un homme de mon âge, messieurs, séparé
de vous par vingt-cinq années de la rude vie
contemporaine, et mis soudain en présence de
toute votre jeunesse et de toute votre sympathie, éprouve, il faut que je vous le dise d'abord,
une impression singulière. Il se sent tout à coup
plus proche de vous qu'il ne croyait : ce grand
espace de temps qu'il y a entre nous, il lui semble qu'il ne s'est pas encore tout à fait enfui, et
que vous venez, par votre fraternel accueil, de
lui en restituer quelques heures précieuses.
C'est comme si, d'une douce insistance, vous
l'aviez forcé à boire un verre de la vieille li-
queur d'illusion ; et il en arrive presque à oublier que ce ne sont point les compagnons de sa
jeunesse qu'il a devant lui, mais déjà leurs fils.
Alors, une confusion délicieuse s'établit dans
son esprit : c'est l'état où je me trouve en ce
moment. Je viens de perdre pendant quelques
secondes, en vous regardant, la notion exacte

de mon âge, pas assez pour que je me figure avoir le vôtre, mais suffisamment pour croire que je n'ai pas encore le mien.

C'est donc une sensation rare et imprévue que je vous dois, et que je n'oublierai pas, même lorsqu'en vous quittant j'aurai repris ma lucidité.

Je vous avoue encore qu'en recevant votre flatteuse invitation, une pensée m'est venue : c'est que vous ne m'appeliez pas seulement pour présider votre banquet, mais un peu aussi pour comparaître devant vous. Et je me suis représenté en inculpé, à qui des juges, bienveillants certes, mais clairvoyants et attentifs, allaient demander : « Que faisiez-vous, il y a un quart de siècle, vous et votre génération ? Quelles étaient vos mœurs ? Comment entendiez-vous la vie ? Et pendant ce quart de siècle, quelle a été votre conduite ? C'est vous qui avez été chargé de créer l'atmosphère dans laquelle nous allons être obligés de vivre à notre tour. Comment vous êtes-vous acquittés de cette tâche ? Répondez, prévenu ! »

C'est donc un examen de conscience et une évocation de souvenirs que vous avez suscités en moi, par votre appel.

Et j'aperçois d'abord, entre la génération d'étudiants dont je fis partie et la vôtre, une différence essentielle : c'est que nous étions beaucoup plus séparés de la vie environnante que vous ne l'êtes aujourd'hui. Cette vive pénétration de toutes les idées qui est chez vous si visible, qui donne à vos allures d'étudiants tant de hardiesse, et que vos maîtres entretiennent avec un éclat incomparable, est un phénomène que nous ne connaissions pas. Nous étions des isolés dans ce quartier Latin qui achevait alors ce qu'on pourrait appeler son cycle de bohème ; et la légende qui planait encore sur lui contribuait à en faire une petite cité indépendante, autonome et fantaisiste.

Vous l'avez, messieurs, aérée et agrandie, et je ne suis pas de ceux qui regrettent cette transformation. Si la légende a péri, c'est qu'elle n'avait plus ni vertu ni signification profonde, et que nos âmes n'y trouvaient plus de charme ; si la fantaisie a disparu, c'est qu'elle était devenue trop légère et trop frivole. C'est à vous maintenant de créer d'autres légendes et d'autres formes de la joie.

Ce n'est plus le quartier Latin ? Eh bien !

que ce soit la ville de la jeunesse et de l'étude !
Entre elle et Paris qui l'entoure, la barrière
est désormais tombée ? Soit ! mais l'intensité
de la vie parisienne s'en est accrue de quelque
chose de lumineux et de frémissant.

Et si vous me permettez, mes chers camarades,
de continuer devant vous ce petit examen de
conscience, je vais vous faire d'autres aveux.
Je vous ai parlé tout à l'heure de la hardiesse
de votre esprit et de votre vive sensibilité à
toutes les passions d'alentour. Ah ! comme je
suis loin de vous les reprocher ! Je vous les re-
proche si peu que je m'aperçois au contraire
que ce sont ces qualités-là qui nous ont surtout
manqué, à nous autres. Je me rappelle comme
nous étions inquiets, méfiants de notre avenir
et de l'avenir de notre pays ; avec quelle lourde
incertitude des lendemains nous avons commencé notre carrière ! Jamais, je crois, une
génération de jeunes Français n'a montré moins
d'allégresse à son départ et ne s'est avancée vers
son destin d'un pas aussi hésitant.

Combien d'entre nous, même, se sont arrêtés
en route, ont abandonné leurs études, quitté
la direction où ils s'étaient d'abord engagés.

Et cela tient, il faut en convenir, à ce que dès nos premiers essais, dès nos premières démarches dans la vie, nous constatons les terribles lacunes de l'éducation que nous venions de recevoir, et dont la principale était le retard que l'enseignement avait alors sur les mœurs, ce qui fait que nous ne connaissions rien de la société ; que nous ignorions les conditions de la lutte que nous allions soutenir ; et qu'en regardant les armes qu'on nous avait mises entre les mains, nous sentions qu'elles étaient puériles et que le combat était par trop inégal.

Et, par une étrange fatalité, ou plutôt par la logique de notre situation précaire, à mesure que nous avancions, tous les problèmes de la vie sociale et de la vie nationale se levaient sous nos pas. Ils nous surprenaient pour ainsi dire à l'improviste, nous qui étions si mal préparés à les résoudre. Il y aurait fallu une certitude dans l'esprit, une fermeté dans la conduite, que nous n'avions pas parce que notre éducation ne nous les avait pas fournies. Quelle différence avec l'ampleur et la virilité de celle que vous recevez aujourd'hui ! Et comme vous serez, pour remplir la tâche que nous vous livrerons un jour, plus fortement armés que nous!

N'allez pas cependant vous imaginer, messieurs, que je cherche à laisser dans votre esprit une méchante opinion de nous et de notre temps.

Je sais bien que c'est une des tendances d'à présent d'envisager sous les plus noires couleurs les vingt-cinq dernières années de notre histoire, et le monde est plein de gens qui ne se consolent pas d'y être nés. Mais Dieu me garde de partager ces sentiments ! Et certes, ce n'est pas chez vous non plus qu'ils trouveront asile. Vous avez trop d'énergie, trop de curiosité d'esprit, trop d'ardeur à vivre pour ne pas sentir toute la valeur d'une époque intense et passionnée comme la nôtre. Croyez-vous que le combat de la volonté humaine contre le hasard, qui est le drame même de la vie, ait jamais été aussi furieux et aussi émouvant qu'aujourd'hui ? que l'esprit français ait été jamais plus audacieux dans toutes les directions de la pensée et se soit attaqué à des problèmes sociaux plus difficiles et plus profonds ?

Non, messieurs, vous ne serez pas injustes envers notre époque, plus tard surtout, lorsque vous l'apercevrez d'un peu loin, que les échafaudages qui la recouvrent à nos yeux seront tombés et que ses véritables proportions apparaîtront.

Pour moi, je trouve qu'il y a non seulement quelque enfantillage, mais encore un certain manque de courage et de noblesse à regretter de vivre à l'heure que l'ordre de la nature nous a assignée ; et je suis convaincu, au contraire, que l'amour sincère du temps où l'on vit, quelles que soient ses défaillances, ses tares, ses faiblesses, ses erreurs, est la meilleure condition des grands efforts et des pensées fécondes.

Personne plus que vous, messieurs, n'a intérêt à connaître l'histoire, même la contemporaine, même l'immédiate, même l'histoire que l'on est en train de faire devant vous, car c'est vous qui allez écrire la page qui suivra celle que nous achevons. C'est vous qui allez vous partager le vaste héritage des idées françaises.

Je n'ai pas la prétention de vous dire en quel

état nous vous les laisserons, mais cependant il y a un des aspects de notre situation morale qui, après vingt-cinq ans de luttes, d'angoisses, de troubles, de discussions ardentes, commence à se montrer assez clairement.

Deux groupes d'esprits, représentant deux conceptions violemment contradictoires des intérêts de notre pays, se trouvent en présence. Nul ne peut méconnaître ni leur bonne foi ni l'importance de leur action,

Les uns contestent à l'inégalité, à l'injustice, à la guerre parmi les hommes, leur caractère d'éternité. L'état des sociétés actuelles les irrite, le passé leur fait horreur. Ils voudraient d'une main brusque couper les liens qui nous y rattachent, abolir les habitudes et les traditions qu'il nous a léguées, et alors nous entraîner avec eux à l'aventure, dans leur rêve, vers un avenir qu'ils ignorent et qu'ils avouent eux-mêmes ignorer.

Les autres, vous savez où ils placent leur cité idéale. Ce n'est pas dans l'avenir, c'est dans le passé. Ils prennent leur parti que l'humanité soit toujours la même, toujours aussi cruelle, toujours aussi injuste, toujours aussi malheureuse. Ils essayent de jeter le ridicule sur le nom même du progrès.

Et nulle conciliation ne semble jusqu'à présent possible. On dirait presque que de jour en jour la haine et la colère s'accroissent de part et d'autre.

Quels sont les arbitres suprêmes qui vont intervenir et pacifier ? Ces arbitres, mes chers camarades, c'est vous ! C'est votre génération qui se prépare à entrer en scène et à dire les mots qui rendront à l'esprit français sa clarté et son équilibre.

Vous direz aux uns : « Ne chassez pas tout d'un coup l'humanité des abris où elle se réfugie depuis si longtemps. Ne la livrez pas au désordre et à la tempête. »

Vous direz aux autres : « N'empêchez pas l'humanité de faire le beau rêve du progrès et de la justice. »

Aux uns : « Laissez-nous respirer » ; aux autres : « Laissez-nous espérer. »

Et vous êtes, vous, messieurs, merveilleusement aptes à jouer ce rôle. Vous y êtes déjà préparés ; vous en avez conscience. Vous avez compris la puissance de l'union et de l'effort commun.

Le but ne semble-t-il pas se rapprocher quand tout le monde le regarde à la fois ?

Je bois à votre association, mes chers camarades, à la force qu'elle représente, aux espérances qu'elle contient.

TABLE DES MATIÈRES

ACHEVÉ D'IMPRIMER

le vingt-quatre janvier mil neuf cent quatorze

POUR LA

SOCIÉTÉ DES TRENTE

PAR

BUSSIÈRE

A SAINT-AMAND (CHER)

SOCIÉTÉ DES TRENTE

Publier trente volumes du même format, avec des caractères classiques, une justification agréable, un papier solide, ne publier que des ouvrages lisibles et bien écrits, avec de bons auteurs et sur des sujets intéressants, sans se soucier des modes littéraires et des habitudes d'un jour, en un mot contribuer au relèvement de l'édition et de la librairie, tel est le but de la *Société des Trente*, formée par un groupe d'amateurs et d'auteurs qui veulent montrer que l'on peut imprimer de beaux livres à un prix relativement peu élevé.

La Société des Trente publiera les trente volumes qui composeront sa collection en cinq ans, à raison de six par an.

Ces ouvrages seront tirés à 530 exemplaires numérotés à la presse, dont 10 sur papier de Chine numérotés de 1 à 10, 20 sur papier du Japon numérotés de 11 à 30 et 500 sur papier vergé d'Arches numérotés de 31 à 530.

Le format choisi est l'in-8 écu ($140^{mm} \times 200^{mm}$), qui est celui de ce volume.

Le caractère est le Didot classique.

Les volumes seront vendus en librairie au prix de 5 francs l'exemplaire sur papier vergé, 15 francs sur papier du Japon et 20 francs sur papier de Chine.

Les personnes qui souscriront aux six volumes de l'année auront à verser une somme de 25 francs pour l'édition sur papier vergé d'Arches, de 75 francs pour l'édition sur papier du Japon ou de 100 francs pour l'édition sur papier de Chine.

La collection sera complète lorsqu'il aura paru trente volumes, qui ne seront jamais réimprimés.

Nous avons déjà publié :

MAURICE BARRÈS, *Pour nos Eglises.*
EMILE BERNARD, *Souvenirs sur Cézanne.*
HENRI MARTINEAU, *L'Itinéraire de Stendhal.*
ANDRÉ SALMON, *La Jeune Peinture Française.*
LUCILE DE CHATEAUBRIAND, *Œuvres complètes.*
REMY DE GOURMONT, *Le Chat de Misère.*
MAURICE BARRÈS, *Autour des Églises de Village.*
LAURENT TAILHADE, *Quelques Fantômes de Jadis.*
AUGUSTE SÉRIEYX, *Vincent d'Indy.*
ALFRED CAPUS, *Boulevards et Coulisses.*
CHATEAUBRIAND, *Journal d'un Conclave.*

Voici la liste des ouvrages qui paraîtront successivement :

JULES DESTRÉE, *La Wallonie.*
EUGÈNE MARSAN, *Charles Maurras.*
ANDRÉ SALMON, *La Jeune Sculpture Française.*
X. MARCEL BOULESTIN, *Le Monde et la Société en Angleterre.*
ANDRÉ HALLAYS, *Charles Bordes.*

La Société a choisi pour la représenter auprès de ses souscripteurs et des libraires M. Messein, éditeur, 19, quai Saint-Michel, qui reçoit les souscriptions pour l'année, ainsi que les commandes de volumes séparés.

9 782329 605678